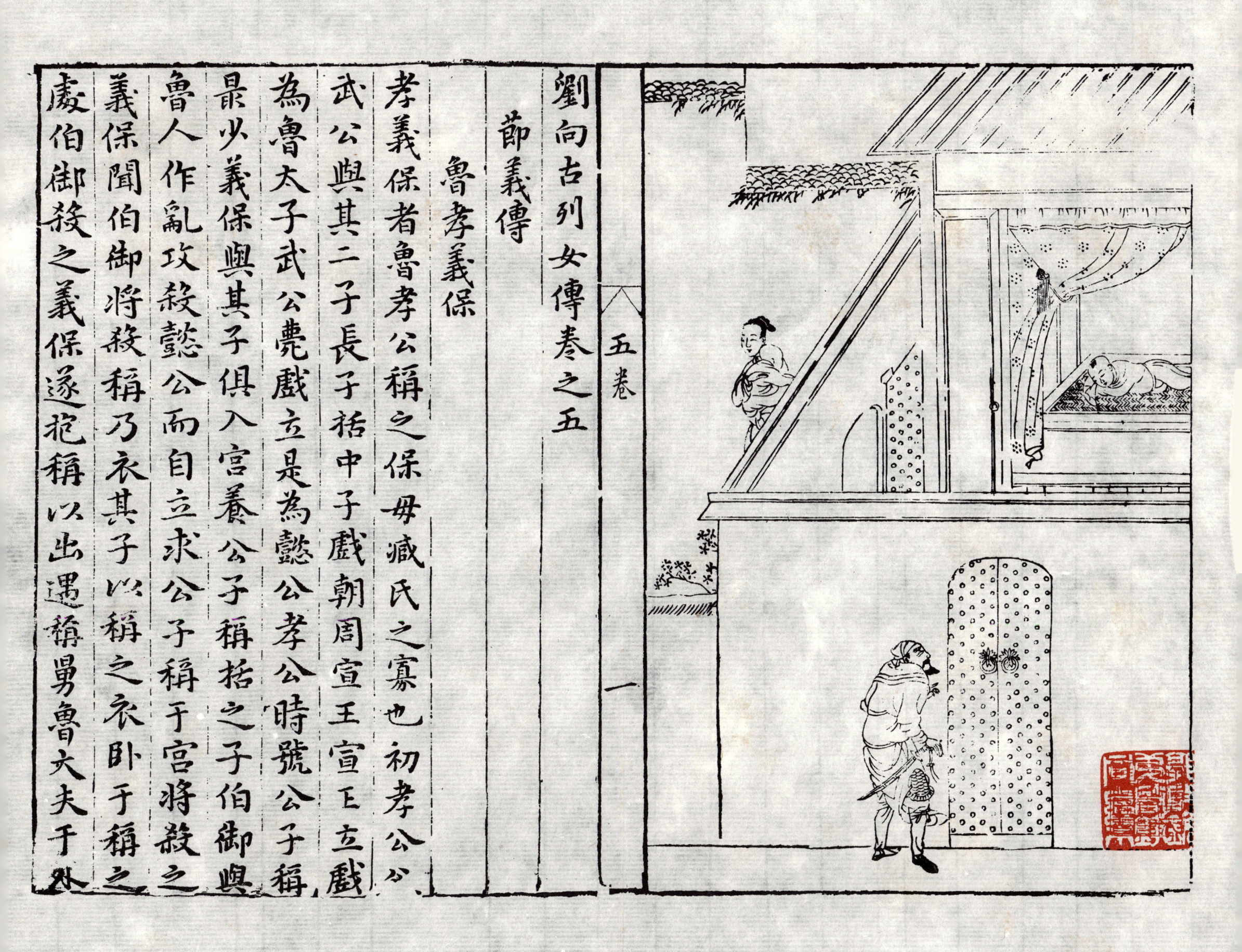

劉向古列女傳卷之五

節義傳

魯孝義保

孝義保者魯孝公稱之保母臧氏之寡也初孝公父武公與其二子長子括中子戲朝周宣王宣王立戲為魯太子武公薨戲立是為懿公孝公時號公子稱最少義保與其子俱入宮養公子稱括之子伯御與魯人作亂攻殺懿公而自立求公子稱于宮將殺之義保聞伯御將殺稱乃衣其子以稱之衣卧于稱之處伯御殺之義保遂抱稱以出遇稱舅魯大夫于外

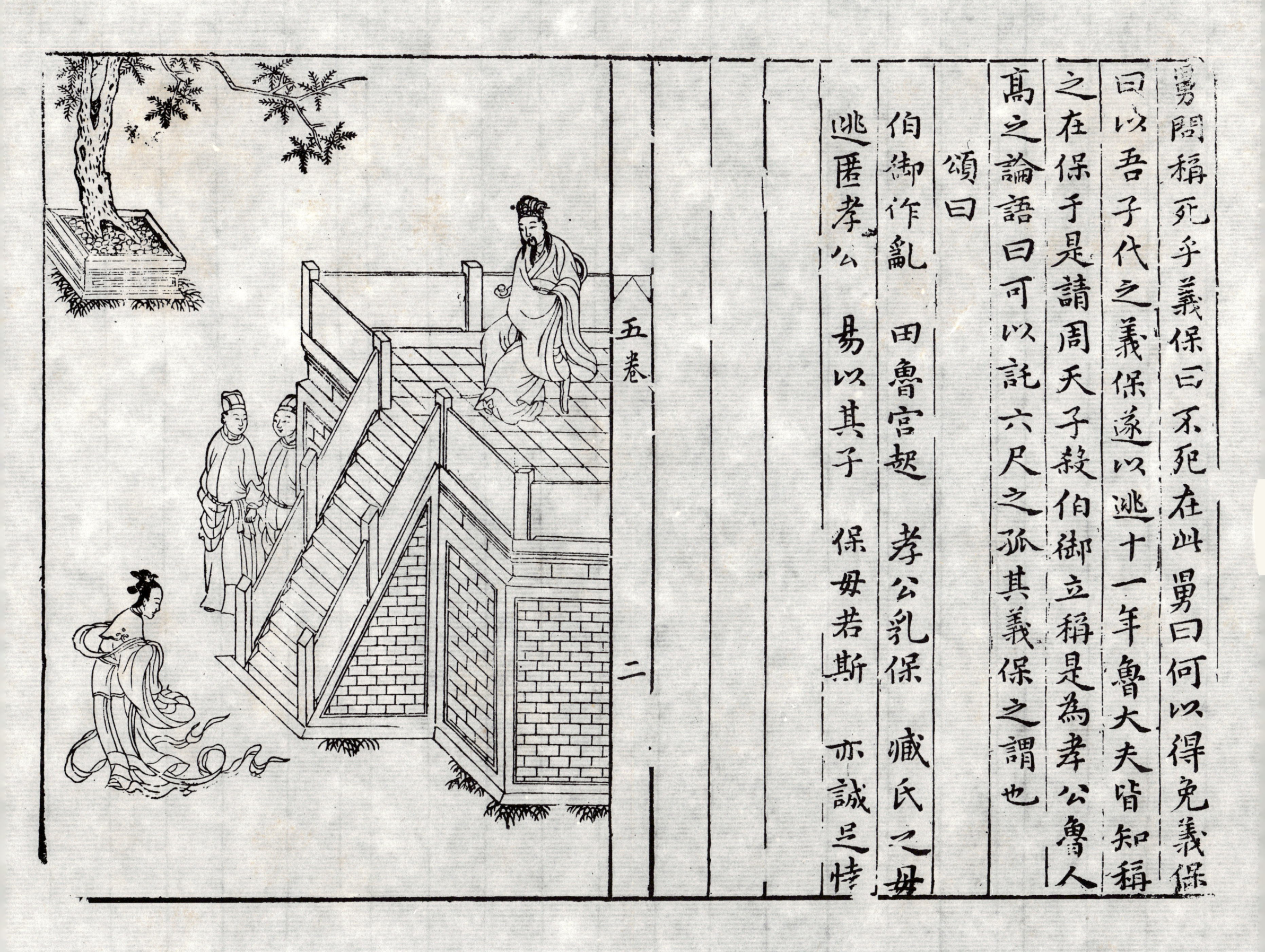

舅問稱死乎義保曰不死在此舅曰何以得免義保曰以吾子代之義保遂以逃十一年魯大夫皆知稱之在保于是請周天子殺伯御立稱是為孝公魯人高之論語曰可以託六尺之孤其義保之謂也

頌曰

伯御作亂　由魯宮起　孝公乳保　臧氏之母
逃匿孝公　易以其子　保母若斯　亦誠足恃

楚成鄭瞀

鄭瞀者鄭女之嬴媵楚成王之夫人也初成王登臺臨後宮〻人皆傾觀子瞀直行不顧徐步不變王曰行者顧子瞀不顧王曰顧吾以女為夫人子瞀復不顧王曰顧吾又與女千金而封若父兄子瞀遂不顧于是王下臺而問曰夫人重位也封爵厚禄也一顧可以得之可得而遂不顧何也子瞀曰妾聞婦人以端正和顏為容今者大王在臺上而妾顧則是失儀節也不顧告以夫人之尊示以封爵之重而後顧則是妾貪貴樂利以忘義理也苟忘義理何以事王王

曰善遂立以為夫人處期年王將立公子商臣以為太子王問之于令尹子上子上曰君之齒未也而又多寵子既置而黜之必為亂矣且其人蠭目而豺聲忍人也不可立也王退而問于夫人子瞀曰令尹之言信可從也王不聽遂立之其後商臣以子上救蔡之事譖子上而殺之子瞀謂其保曰吾聞婦人之事在于饋食之間而已雖然心之所見吾不能藏夫昔者子上言太子之不可立也太子怨之譖而殺之王不明察遂辜無罪是白黑顛倒上下錯謬也王多寵子皆欲得國太子貪忍恐失其所王又不明無以照

試原刻誡

之庶嫡分爭禍必興焉後王又欲立公子職〻商臣庶弟也子瞀退而與其保言曰吾聞信不見疑今者王必將以職易太子吾懼禍亂之作也而言之于王王不應其以太子為非吾子疑吾譖之者乎夫見疑而生眾人孰知其不然與其無義而生不如死以明之且王聞吾死必寤太子之不可釋也遂自殺保母以其言通于王是時太子知王之欲廢之也遂興師作亂圍王宮王請食熊蹯而死不可得也遂自經君子曰非至仁孰能以身試詩曰舍命不渝此之謂也

頌曰

子瞀先識 執節有常 興于不顧 卒配成王

知商臣亂 言之甚強 自嫌非子 以殺身盟

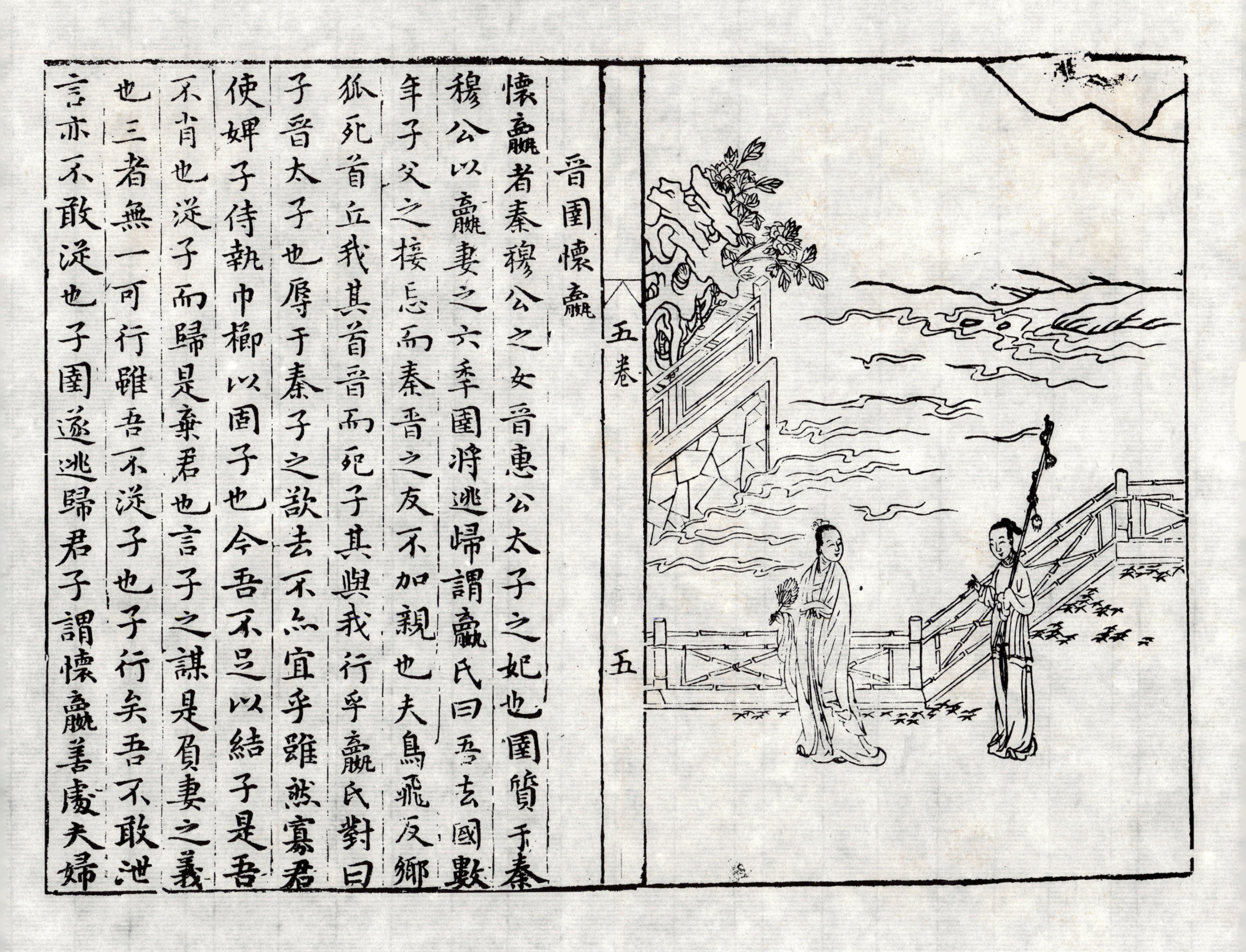

晉圉懷嬴

懷嬴者秦穆公之女晉惠公太子之妃也圉質于秦穆公以嬴妻之六年圉將逃歸謂嬴氏曰吾去國數年子父之接忘而秦晉之友不加親也夫鳥飛反鄉狐死首丘我其首晉而死子其與我行乎嬴氏對曰子晉太子也辱于秦子之欲去不亦宜乎雖然寡君使婢子侍執巾櫛以固子也今吾不足以結子是吾不肖也從子而歸是棄君也言子之謀是負妻之義也三者無一可行雖吾不從子也子行矣吾不敢泄言亦不敢從也子圉遂逃歸君子謂懷嬴善處夫婦

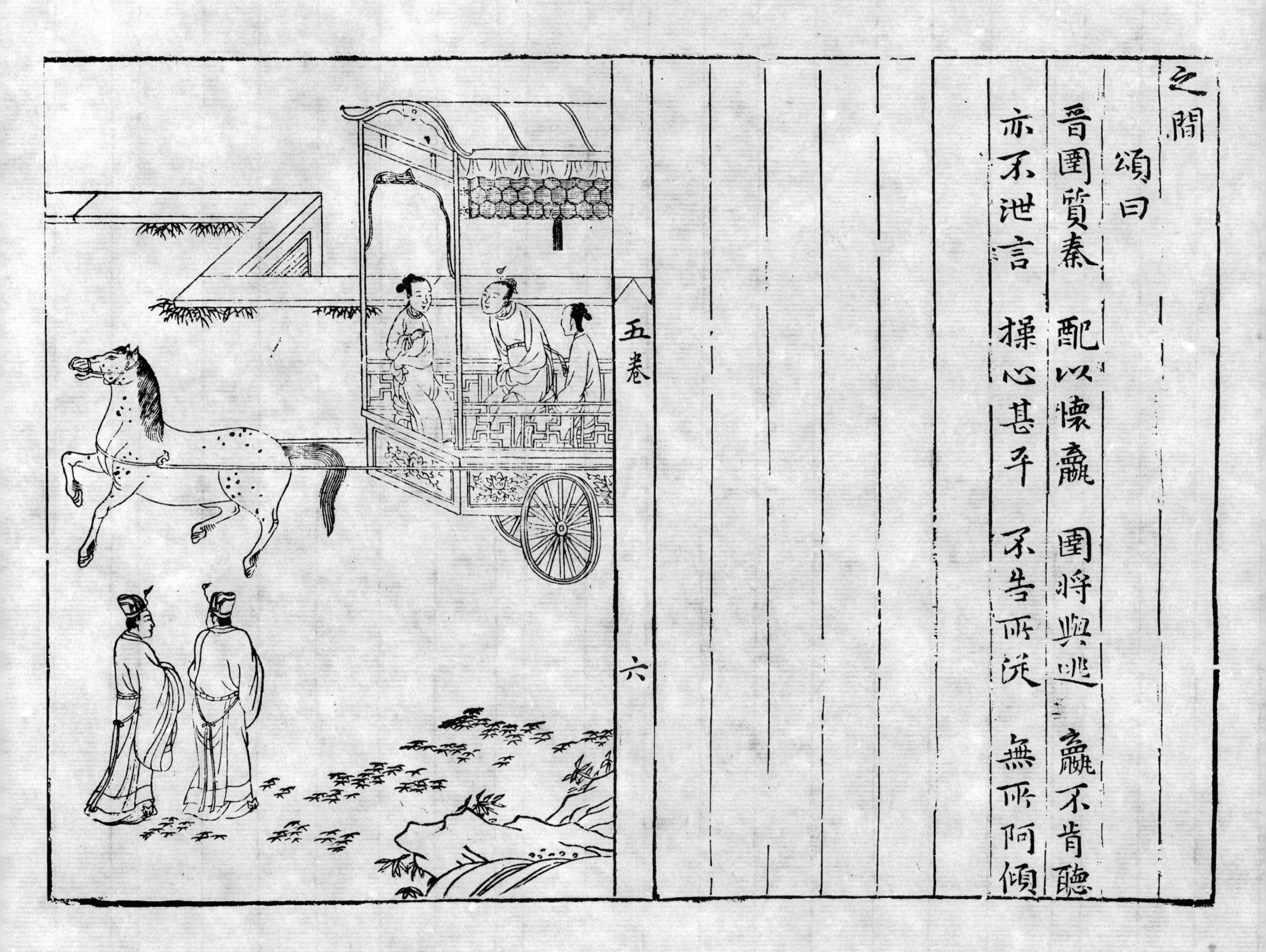

之間

頌曰

晉圉質秦　配以懷嬴　圉將與逃　嬴不肯聽

亦不泄言　操心甚平　不告所從　無所阿傾

楚昭越姬

楚昭越姬者越王勾踐之女楚昭王之姬也昭王燕遊蔡姬在左越姬參右王親乘駟以馳逐遂登附社之臺以望雲夢之囿觀士大夫逐者既驩乃顧謂二姬曰樂乎蔡姬對曰樂王曰吾願與子生若此死又若此蔡姬曰昔敝邑寡君固以衆黎民之役事君王之馬足故一婢子之身為苞苴玩好今乃比于妃嬪固願生俱樂死同時王顧謂史書之蔡姬許從孤死矣乃復謂越姬越姬對曰樂則樂矣然而不可久也王曰吾願與子生若此死若此其不可得乎越姬對

曰昔者吾先君莊王淫樂三年不聽政事終而能攺卒霸天下妾以君王為能法吾先君將攺斯樂而勤於政也今則不然而要婢子以死其可得乎且君王以束帛乘馬取婢子于弊邑寡君受之太廟也不約死妾聞之諸姑婦人以死彰君之善益君之寵不聞其以苟從其闇死為榮妾不敢聞命于是王寤敬越姬之言而猶親嬖蔡姬也居二十五年王救陳越姬從王病在軍中有赤雲夾日如飛鳥王問周史史曰是害王身然可移移于將相將相聞之將請以身禱于神王曰將相之於孤猶股肱也今移禍焉庸為去

是自予不聽越姬曰大哉君王之德以是妾願從王
矣昔日之遊燕樂也是以不敢許及君王復于禮國
人皆將為君王死而況于妾乎請願先驅狐狸于地
下王曰昔之遊樂吾戲耳若將必死是彰孤之不德
也越姬曰昔者妾雖口不言心既許之矣妾者信者
不負其心義者不虛設其事妾死王之義不死王之
好也遂自殺王病甚讓位于三弟三弟不聽王薨于
軍中蔡姬竟不能死王弟子閭與子西子期謀曰母
信者其子必仁乃伏師閉壁迎越姬之子熊章立是
為惠王然後罷兵歸葬昭王君子謂越姬信能死義

詩曰德音莫違及爾同死越姬之謂也

頌曰

楚昭遊樂　要姬從死　蔡姬許王　越姬執禮
終獨死節　群臣嘉美　維斯而姬　其德不比

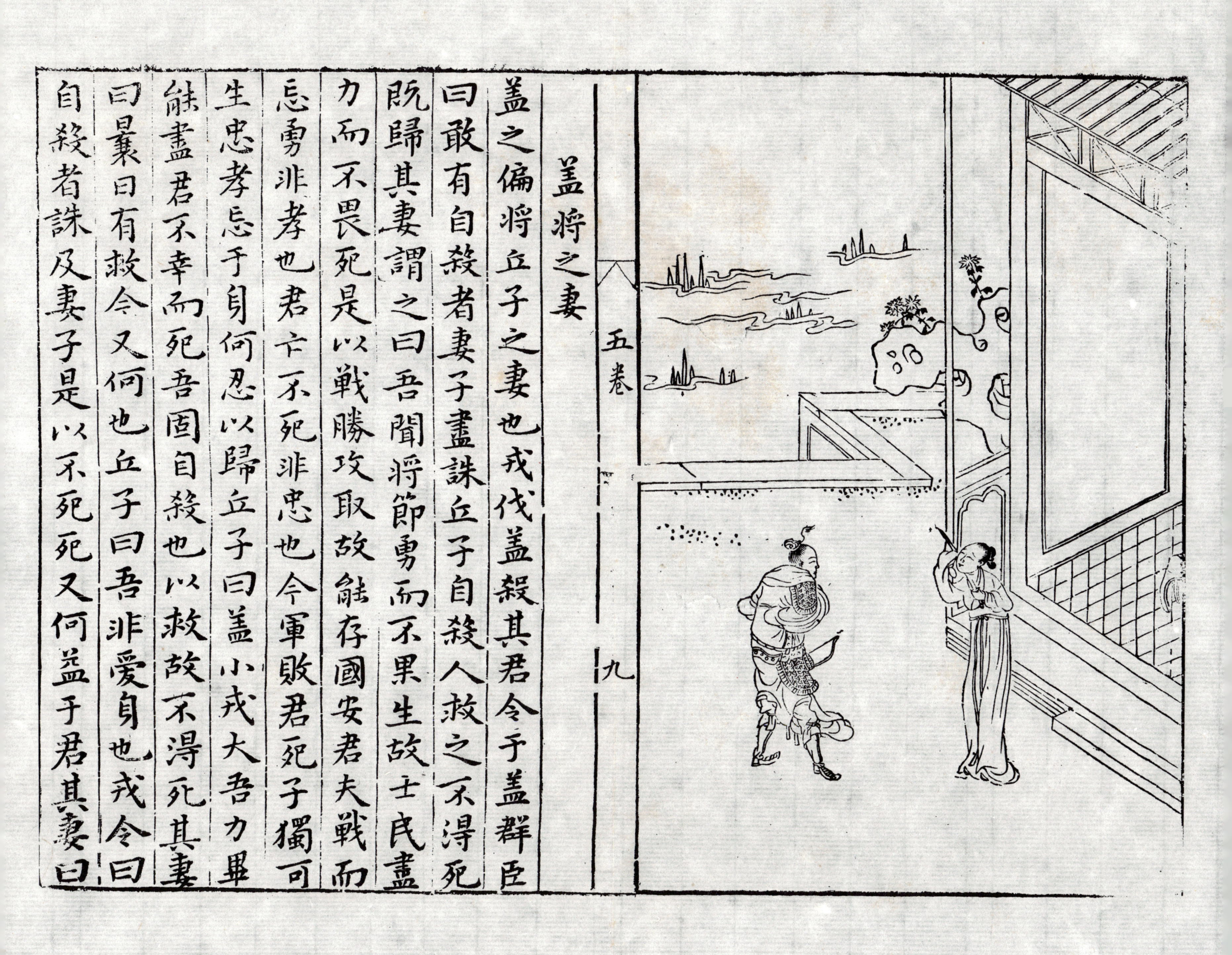

蓋將之妻

蓋之偏將丘子之妻也戎伐蓋殺其君令于蓋群臣曰敢有自殺者妻子盡誅丘子自殺人救之不得死既歸其妻謂之曰吾聞將節勇而不果生故士民盡力而不畏死是以戰勝攻取故能存國安君夫戰而忘勇非孝也君亡不死非忠也今軍敗君死子獨何生忠孝忘于身何忍以歸丘子曰蓋小戎大吾力畢能盡君不幸而死吾固自殺也以救故不得死其妻曰曩日有救今又何也丘子曰吾非愛身也戎令曰自殺者誅及妻子是以不死死又何益于君其妻曰

吾聞之主憂臣辱主辱臣死今君死而子不死可謂義乎多殺士民不能存國而自活可謂仁乎憂妻子而忘仁義背故君而事強暴可謂忠乎人無忠臣之道仁義之行可謂賢乎周書曰先君而後臣先父母而後兄弟先兄弟而後交友先交友而後妻子妻子私愛也事君公義也今子以妻子之故失人臣之節無事君之禮棄忠臣之公道營妻子之私愛偷生苟活妾等恥之況于子乎吾不能與子蒙恥而生焉遂自殺戎君賢之祠以大牢而以將禮葬之賜其弟金百鎰以為卿而使別治蓋君子謂蓋將之妻潔而好

義詩曰淑人君子其德不回此之謂也

頌曰

蓋將之妻　據節銳情　戎既滅蓋　丘子獨生
妻恥不死　陳設五榮　為夫先死　卒遺顯名

走下脫刻有於字

魯義姑姊

魯義姑姊者魯野之婦人也齊攻魯至郊望見一婦人抱一兒攜一兒而行軍且及之棄其所抱抱其所攜而走山兒隨而啼婦人遂行不顧齊將問兒曰走者爾母耶曰是也母所抱者誰也曰不知也齊將乃追之軍士引弓將射之曰止不止吾將射爾婦人乃還齊將問所抱者誰也所棄者誰也對曰所抱者妾兄之子也所棄者妾之子也見軍之至力不能兩護故棄妾之子齊將曰子之于母其親愛也痛甚于心今釋之而反抱兄之子何也婦人曰已之子私愛也

魯義姑姊

魯義姑姊者魯野之婦人也齊攻魯至郊望見一婦人抱一兒攜一兒而行軍且及之棄其所抱抱其所攜而走於山兒隨而啼婦人遂行不顧齊將問兒曰走者爾母耶曰是也母所抱者誰也曰不知也齊將乃追之軍士引弓將射之曰止不止吾將射爾婦人乃還齊將問所抱者誰也所棄者誰也對曰所抱者妾兄之子也所棄者妾之子也見軍之至力不能兩護故棄妾之子齊將曰子之於母其親愛也痛甚於心今釋之而反抱兄之子何也婦人曰己之子私愛也

兄之子公義也夫背公義而嚮私愛亡兄子而存妾子幸而得幸則魯君不吾畜大夫不吾養庶民國人不吾與也夫如是則脅肩無所容而累足無所履也子雖痛乎獨謂義何故忍棄子而行義不能無義而視魯國于是齊將按兵而止使人言于齊君曰魯未可伐也乃至于境山澤之婦人耳猶知持節行義不以私害公而况于朝臣士大夫乎請還齊君許之魯君聞之賜婦人束帛百端號曰義姑姊公正誠信果于行義夫義其大哉雖在匹婦國猶賴之况以禮義治國乎詩云有覺德行四國順之此之謂也

頌曰

齊君攻魯　義姑有節　見軍走山　棄子抱姪
齊將問之　賢其推理　號婦為義　齊兵遂止

馳別刻地及諸引史記作北登

殺別刻作代之王

磨別刻靡

代趙夫人

代趙夫人者趙簡子之女襄子之姊代王之夫人也簡子既葬襄子未除服馳登夏屋誘代王使廚人持斗以食代王及從者行斟陰令宰人各以一斗擊殺代王及從者因舉兵平代地而迎其姊趙夫人夫人曰吾受先君之命事代王今十有餘年矣代無大故而主君殘之今代已亡吾將奚歸且吾聞之婦人執義無二夫吾豈有二夫哉欲迎我何之以弟慢夫非義也以夫怨弟非仁也吾不敢怨然亦不歸遂泣而呼天自殺于磨笄之地代人皆懷之君子謂趙夫人

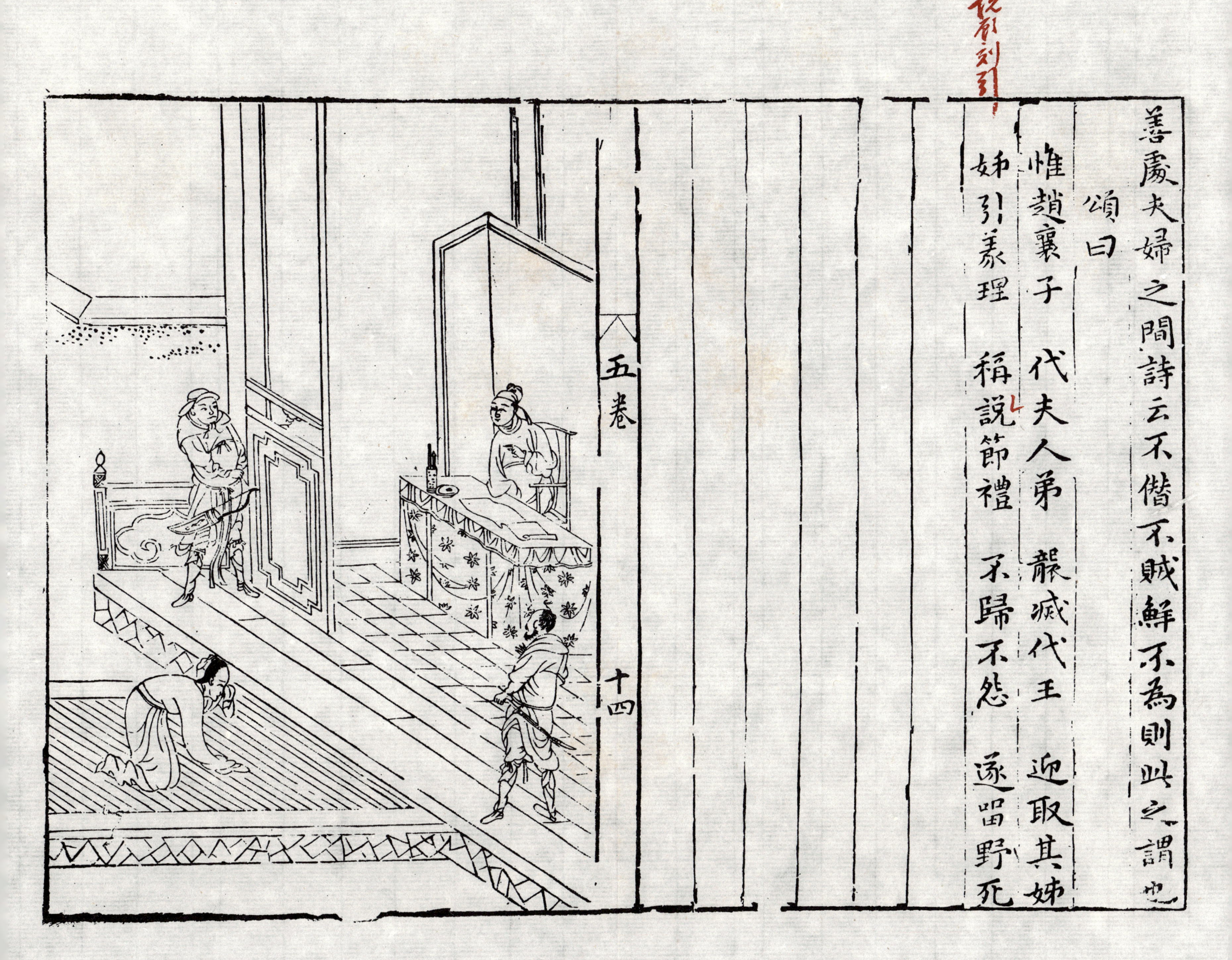

善處夫婦之間詩云不僭不賊鮮不為則此之謂也

頌曰

惟趙襄子　代夫人弟　襲滅代王　迎取其姊

姊引義理　稱說節禮　不歸不怨　遂留野死

齊義繼母

齊義繼母者齊二子之母也當宣王時有人鬬死于道者吏訊之被一創二子兄弟立其傍吏問之兄曰我殺之弟曰非兄也乃我殺之期年吏不能決言之于相相不能決言之于王王曰今皆赦之是縱有罪也皆殺之是誅無辜也寡人度其母能知子善惡試問其母聽其所欲殺活相召其母問之曰母之子殺人兄弟欲相代死吏不能決言之于王王有仁惠故問母何所欲殺活其母泣而對曰殺其少者相受其言因而問之曰夫少子者人之所愛也今欲殺之何

也其母對曰少者妾之子也長者前妻之子也其父疾且死之時屬之于妾曰善養視之妾曰諾今既受人之託許人以諾豈可以忘人之託而不信其諾耶且殺兄活弟是以私愛廢公義也背言忘信是欺死者也夫言不約束已諾不分何以居于世哉子雖痛乎獨謂行何泣下沾襟相入言于王王美其義高其行皆赦不殺而尊其母號曰義母君子謂義母信而好義潔而有讓詩曰愷悌君子四方為則此之謂也

頌曰

義繼信誠 公正知禮 親假有罪 相讓不已

吏不能决　王以問母　據信行義　卒免二子

魯秋潔婦

潔婦者魯秋胡子妻也既納之五日去而官于陳五年乃歸未至家見路傍婦人採桑秋胡子悅之下車謂曰若曝採桑吾行道遠願託桑蔭下飡下齎休焉婦人採桑不輟秋胡子謂曰力田不如逢豐年力桑不如見國卿吾有金願以與夫人婦人曰嘻夫採桑力作紡績織紝以供衣食奉二親養夫子吾不願金所願卿無有外意妾亦無淫佚之志收子之齎與笥金秋胡子遂去至家奉金遺母使人喚婦至乃向採桑者也秋胡子慙婦曰子束髮辭親往仕五年乃還

當所悅馳驟揚塵疾至今也乃悅路傍婦人下子之糧以金予之是忘母也忘母不孝好色淫佚是汚行也汚行不義夫事親不孝則事君不忠處家不義則治官不理孝義並忘必不遂矣妾不忍見子改娶矣妾亦不嫁遂去而東走投河而死君子曰潔婦精于善夫不孝莫大于不愛其親而愛其人秋胡子有之矣君子曰見善如不及見不善如探湯秋胡子婦之謂也詩云惟是褊心是以為刺此之謂也

頌曰

秋胡西仕　五年乃歸　遇妻不識　心有淫思

妻執無二　歸而相知　恥夫無豢　遂東赴河

周主忠妾

周主忠妾者，周大夫妻之媵妾也。大夫號主父，自衛仕于周，二年且歸。其妻淫于鄰人，恐主父覺，其淫者憂之。妻曰：無憂也，吾為毒酒封以待之矣。三日，主父至，其妻曰：吾為子勞，封酒相待。使媵婢取酒而進之。媵婢心知其毒酒也，計念進之則殺主父，不義；言之又殺主母，不忠。猶豫，因陽僵覆酒。主大怒而笞之。既已，妻恐媵婢言之，因以他過笞，欲殺之。媵知將死，終不言。主父弟聞其事，具以告主父。主父驚，乃免媵婢，而笞殺其妻。使人陰問媵婢曰：汝知其事，何以不言，而反幾死乎？媵婢曰：殺主以自生，又有辱主之名，吾死則死耳，豈言之哉！主父高其義，貴其意，將納以為妻。媵婢辭曰：主辱而死，而妾獨生，是無禮也；代主之處，是逆禮也。無禮逆禮，有一猶愈，今盡有之，難以生矣。欲自殺。主聞之，乃厚幣而嫁之，四鄰爭娶之。君子謂忠妾為仁厚。夫名無細而不聞，行無隱而不彰。詩云：無言不讎，無德不報。此之謂也。

頌曰

周主忠妾　慈惠有序　主妻淫僻　藥酒毒主

使妾奉進　僵以除賊　忠全其主　終蒙其福

有刻刻曰

亦刻刻已

魏節乳母

魏節乳母者魏公子之乳母秦攻魏破之殺魏主瑕誅諸公子而一公子不得令魏國曰得公子者賜金千鎰匿之者罪至夷節乳母與公子俱逃魏之故臣見乳母而識之曰乳母無恙乎乳母曰嗟乎吾柰公子何故臣曰今公子安在吾聞秦令有能得公子者賜金千鎰匿之者罪至夷乳母儻言之則可以得千金知而不言則昆弟無類矣乳母曰吁我不知公子之處故臣曰我聞公子與乳母俱逃母曰吾雖知之亦終不可以言故臣曰今魏國亦破亡族已滅子

匿之尚誰為乎母吁而言曰夫見利而反上者逆也畏死而棄義者亂也今持逆亂而以求利吾不為也且夫凡為人養子者務生之非為殺之也豈可利賞畏誅之故廢正義而行逆節哉妾不能生而令公子擒也遂抱公子逃于深澤之中故臣以告秦軍秦軍追見爭射之乳母以身為公子蔽矢著身者數十與公子俱死秦王聞之貴其守忠死義乃以卿禮葬之祠以大牢寵其兄為五大夫賜金百鎰君子謂節乳母慈惠敦厚重義輕財禮為孺子室于宮擇諸母及阿者必求其寬仁慈惠溫良恭敬慎而寡言者使為子師次為慈母次為保母皆居子室以養全之他人無事不得往夫慈故能愛乳狗搏人伏鷄搏狸恩出于中心也詩云行有死人尚或墐之此之謂也

頌曰

秦既滅魏　購其子孫　公子乳母　與俱遁逃
守節執事　不為利違　遂死不顧　名號顯遺

火別刻內

五卷 二十二

梁節姑姊

梁節姑姊者梁之婦人也因失火兄子與其已子在火中欲取兄子輙得其子獨不得兄子火盛不得復入婦人將自趣火其人止之曰子本欲取兄之子惶恐卒惧得爾子中心謂何何至自赴火婦人曰梁國豈可戶告人曉也被不義之名何面目以見兄弟國人哉吾欲復投吾子為失母之恩吾勢不可以生遂赴火而死君子謂節姑姊潔而不污詩曰彼其之子舍命不渝此之謂也

頌曰

梁節姑姊　據爰執理　子姪同内　火大發起

欲出其姪　輒得厥子　火盛自投　明不私已

珠崖二義

二義者珠崖令之後妻及前妻之女也女名初年十三珠崖多珠繼母連大珠以為繫臂及令死當送喪法內珠入于關者死繼母棄其繫臂珠其子男年九歲好而取之置之母鏡奩中皆莫之知遂奉喪歸至海關關候士吏搜索得珠十枚于繼母鏡奩中吏曰嘻此值法無可奈何誰當坐者初在左右顧心恐母云置鏡奩中乃曰初當坐之吏曰其狀何如對曰君不幸夫人解繫臂棄之初心惜之取而置夫人鏡奩中夫人不知也繼母聞之遽疾行問初初曰夫人所

棄珠初復取之置夫人奩中初當坐之母意亦以初為實然憐之乃因謂吏曰願且待幸無劾兒兒誠不知也此珠妾之繫臂也君不幸妾解去之而置奩中迫奉喪道遠與弱小俱忽然忘之妾當坐之初固曰實初取之繼母又曰兒但讓耳實妾取之因涕泣不能自禁女亦曰夫人哀初之孤欲強活初身夫人實不知也又因哭泣泣下交頸送葬者盡哭哀慟傍人莫不為酸鼻揮涕關吏執筆書劾不能就一字關候垂泣終日不能忍決乃曰母子有義如此吾寧坐之不忍加文且又相讓安知孰是遂棄珠而遣之既去

後乃知男獨取之也君子謂二義慈孝論語曰父為子隱子為父隱直在其中矣若繼母與假女推讓爭死哀感傍人可謂直耳

頌曰

珠崖夫人　甚有母恩　假繼相讓　維女亦賢
納珠于關　各有伏慈　二義如此　為世所傳

郃陽友娣

友娣者郃陽邑任延壽之妻也字季兒有三子季兒兄季宗與延壽爭葬父事延壽與其友田建陰殺季宗建獨坐死壽會赦乃以告季兒季兒曰嘻獨今乃語我乎遂振衣欲去問曰所與共殺吾兄者為誰延壽曰田建田建已死獨我當坐之汝殺我而已季兒曰殺夫不義事兄之讐亦不義延壽曰吾不敢留汝願以車馬及家中財物盡以送汝聽汝所之季兒曰吾當安之兄死而讐不軌與子同枕席而使殺吾兄內不能和夫家又縱兄之讐何面目以生而戴天復地乎延壽慙而去不敢見季兒季兒乃告其大女曰汝父殺吾兄義不可以留又終不復嫁矣吾去汝而死善視汝兩弟遂以身自經而死馮翊王讓聞之大其義令縣復其三子而表其墓君子謂友娣善復兄讐詩曰不僭不賊鮮不為則季兒可以為則矣

頌曰

季兒樹義　夫殺其兄　欲復兄讐　義不可行

不留不去　遂以自殃　馮翊表墓　嘉其義明

京師節女

京師節女者長安大昌里人之妻也其夫有讐人欲報其夫而無道徑聞其妻之仁孝有義乃劫其妻之父使要其女為中譎父呼其女告之女計念不聽之則殺父不孝聽之則殺夫不義不孝不義雖生不可以行于世欲以身當之乃且許諾曰旦日在樓上新沐東首卧則是矣妾請開戶牖待之還其家乃告其夫使卧他所因自沐居樓上東首開戶牖而卧夜半讐家果至斷頭持去明而視之乃其妻之頭也讐人哀痛之以為有義遂釋不殺其夫君子謂節女仁孝

厚於恩義也夫重仁義輕死亡行之高者也論語曰君子殺身以成仁無求生以害仁此之謂也

頌曰

京師節女　夫讐劫父　要女問之　不敢不許

期處既成　乃易其所　殺身成仁　義冠天下

事親撫孤

魏氏上谷士人趙天民妻耆民魏九思之女也幼[illegible]端肅寡言笑年十五趙迎而室焉歸二載生一子璜方五月趙病魏調侍粥藥踰月晝夜不就枕席趙病倍劇魏欲同死趙囑以養親撫幼魏泣天諾曰少聞婦道從一生而辱不如死而業遂對趙剌面毀容誓死不二趙卒魏年甫十七悲涕哽咽而繼之以血勺水不入口大斂後翁姑以遺孀哭勸始起而食粥執喪甘淡素操井臼紡績供親恭勤備至足不出戶閾越歲餘姑亦隨逝繼姑欲奪其守挫折萬態抵死不從戚媼亦憐而勸嫁魏正色言曰人以禮義為本棄義失守與禽獸何異初志本欲殉夫死因承遺命故勉為未亡人今繼姑雖不我諒惟竭力盡職而已即殺身何恤也姑患頭痛親嘗藥跪奉食孝事愈恭節操愈勵歷四十餘年如一日終致姑悅課璜以易補庠員內外皆稱其貞賢有司以事聞於

朝坊表為節孝婦免丁侍養終身

猗歟魏母　毓德名族　貞於夫子　孝於舅姑

慈育厥子　惟懷永圖　樹禊表宅　光生白屋

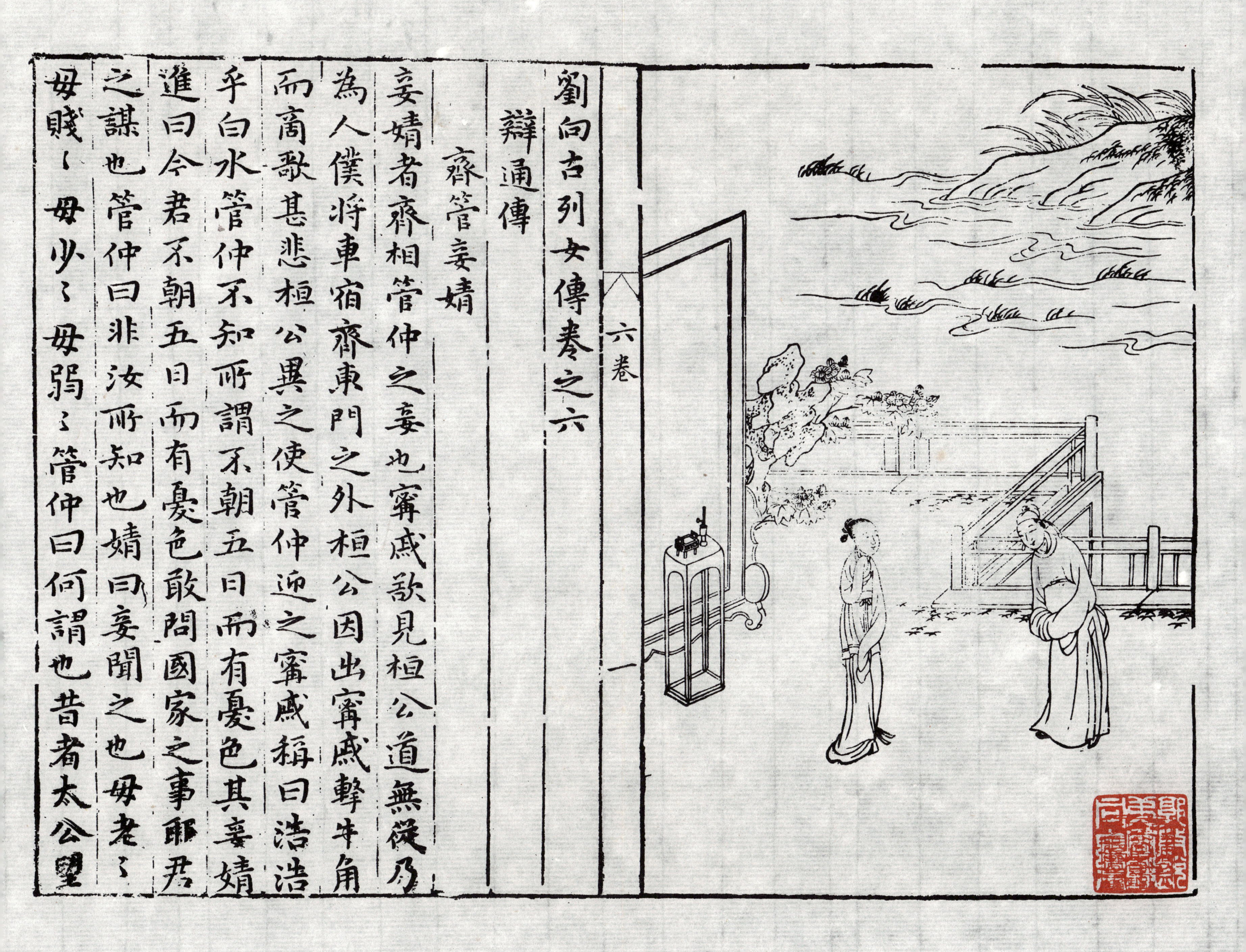

劉向古列女傳巻之六

辯通傳

齊管妾婧

妾婧者齊相管仲之妾也甯戚欲見桓公道無從乃為人僕將車宿齊東門之外桓公因出甯戚擊牛角而商歌甚悲桓公異之使管仲迎之甯戚稱曰浩浩乎白水管仲不知所謂不朝五日而有憂色其妾婧進曰今君不朝五日而有憂色敢問國家之事耶君之謀也管仲曰非汝所知也婧曰妾聞之也毋老〻毋賤〻毋少〻毋弱〻管仲曰何謂也昔者太公望

年七十居牛于朝歌市八十為天子師九十而封于
齊由是觀之老可老耶夫伊尹有莘氏之媵臣也湯
立以為三公天下之治太平由是觀之賤可賤耶墨
子生五歲而贊禹由是觀之少可少耶駃騠生七日
而超其母由是觀之弱可弱耶于是管仲乃下席而
謝曰吾請語子其故昔日公使我迎甯戚甯戚曰浩
[也顧刻已]
浩乎白水吾不知其所謂是故憂之其妾笑曰人也
[矣顧刻耶]
語君矣君不知識矣古有白水之詩詩不云乎浩浩
白水鯈鯈之魚君来召我我將安居國家未定從我
焉如此甯戚之欲得仕國家也管仲大悅以報桓公

[職顧刻府　相一作佐]
桓公乃修官職齋戒五日見甯子因以為相齊國以
治君子謂妾婧為可與謀詩云先民有言詢于芻蕘
此之謂也

頌曰

[稱顧刻戚]
桓遇甯戚　命管迎之　甯稱白水　管仲憂疑
妾進問焉　為說其詩　管嘉報公　齊得以治

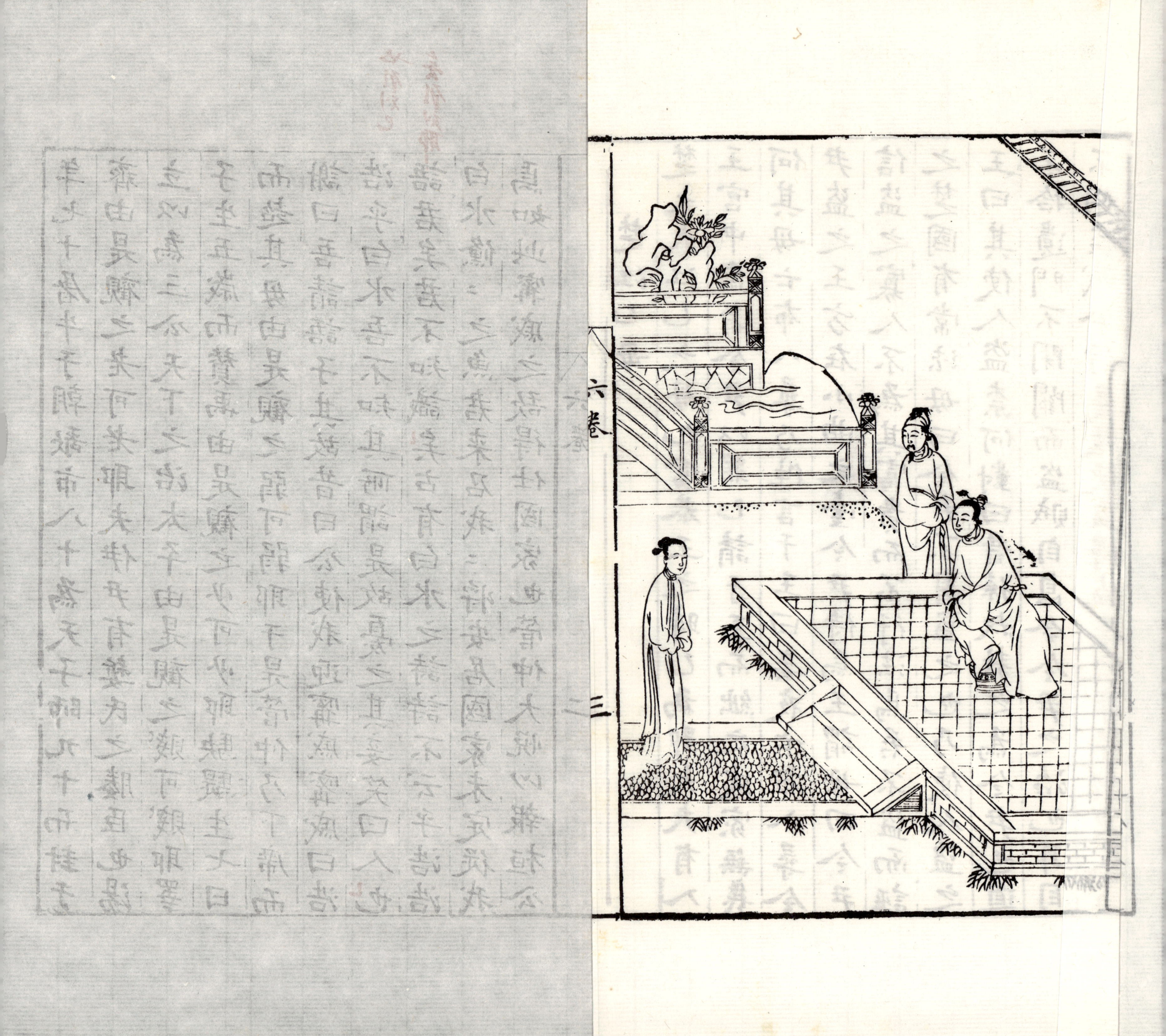

何以異也王曰令尹在上寇盜在下令尹不知有何罪焉母曰吁何大王之言過也昔者妾之子為郢大夫有盜王宮中之物者妾子坐而絀妾子亦豈知之哉然終坐之令尹獨何人而不以是為過也昔者周武王有言曰百姓有過罪予一人上不明則下不治相不賢則國不寧所謂國無人者非無人也無理人者也王其察之王曰善非徒譏令尹又譏寡人命吏償母之布因賜金千鎰母讓金布曰妾豈貪貨而失大王哉怨令尹之治也遂去不肯受王曰母智若此其子必不愚乃復召江乙而用之君子謂乙母善以微喻詩云猷之未遠是用大諫此之謂也

頌曰

江乙失位　乙母動心　既歸家庭　亡布八尋
指責令尹　辭甚有度　王復用乙　賜母金布

為下原刻有民字

晉弓工妻

弓工妻者晉繁人之女也當平公之時使其夫為弓三年乃成平公引弓而射不穿一札平公怒將殺弓人弓人之妻請見曰繁人之子弓人之妻也願有謁于君平公見之妻曰君聞昔者公劉之行乎羊牛踐葭葦惻然為痛之恩及草木豈欲殺不辜者乎秦穆公有盜食其駿馬之肉反飲之以酒楚莊王臣援其夫人之衣而絕纓與飲大樂此三君者仁著于天下卒享其報名垂至今昔帝堯茅茨不翦采椽不斵土階三等猶以為為之者勞居之者逸也今妾之夫治

造此弓其爲之亦勞其幹生于太山之阿一日三覩陰三覩陽傅以燕牛之角纏以荊麋之筋糊以阿魚之膠此四者皆天下之妙選也而君不能以穿一札是君不能射也而反欲殺妾之夫不亦謬乎妾聞射之道左手如拒右手如附枝右手發之左手不知此蓋射之道也平公以其言而射穿七札繁人之夫立得出而賜金三鎰君子謂弓工妻可與處難詩曰敦于既堅舍矢既鈞言射有法也

頌曰

晉平作弓　三年乃成　公怒弓工　将加以刑
妻往說公　陳其幹材　列其勞苦　公遂釋之

嬰下原刻有其字

齊傷槐女

齊傷槐女者傷槐衍之女也名婧景公有所愛槐使人守之植木懸之下令曰犯槐者刑傷槐者死于是衍醉而傷槐景公聞之曰是先犯我令使吏拘之且加罪焉婧懼乃造于相晏子之門曰賤妾不勝其欲願得備數于下晏子聞之笑曰嬰有淫色乎何為老而見奔殆有說內之至哉既入門晏子望見之曰怪哉有深憂進而問焉對曰妾父衍幸得充城郭為公民見陰陽不調風雨不時五穀不滋之故禱祠于名山神女不勝麴蘖之味先犯君令醉至于此罪固當

賊刻刻賤

威嚴以刻 刻入 下同

刑刻刻是字

死妾聞明君之蒞國也不損祿而加刑又不以私害公法不為六畜傷民人不為野草傷禾苗昔者宋景公之時大旱三年不雨召太上而卜之曰當以人祀景公乃降堂北面稽首曰吾所以請雨者乃為吾民也今必當以人祀寡人請自當之言未卒天大雨方千里所以然者何也以能順天慈民也今吾君樹槐令犯者死欲槐之故殺婧之父孤妾之身妾恐傷執政之法而害明君之義也鄰國聞之皆謂君愛樹而賊人其可乎晏子惕然而悟明日朝謂景公曰嬰聞之窮民財力謂之暴崇玩好嚴令謂之逆刑殺

不正謂之賊夫三者守國之大殃也今君窮民財力以美飲食之具繁鐘鼓之樂極宮室之觀行暴之大者也崇玩好嚴令是逆民之明者也犯槐者刑傷槐者死刑殺不正是賊民之深者也公曰寡人敬受命晏子出景公即時命罷守槐之役拔植懸之木廢傷槐之法出犯槐之囚君子曰傷槐女能以辭免詩云是究是圖亶其然乎此之謂也

頌曰

景公愛槐　民醉折傷　景公將殺　其女悼惶

奔告晏子　稱說先王　晏子為言　遂免父

辯仍刻辨下同

楚野辯女

楚野辯女者昭氏之妻也鄭簡公使大夫聘于荆至于狹路有一婦人乘車與大夫車轂擊而折大夫車軸大夫怒將執而鞭之婦人曰君子不遷怒不貳過今于狹路之中妾已極矣而子大夫之僕不肯少引是以敗子大夫之車而反執妾豈不遷怒哉既不怒僕而反怨妾豈不貳過哉周書曰無侮鰥寡而畏高明今子列大夫而不為之表而遷怒貳過釋僕執妾鞭其微弱豈可謂不侮鰥寡乎吾鞭則鞭耳惜子大夫之喪善也大夫慙而無以應遂釋之而問之對曰妾

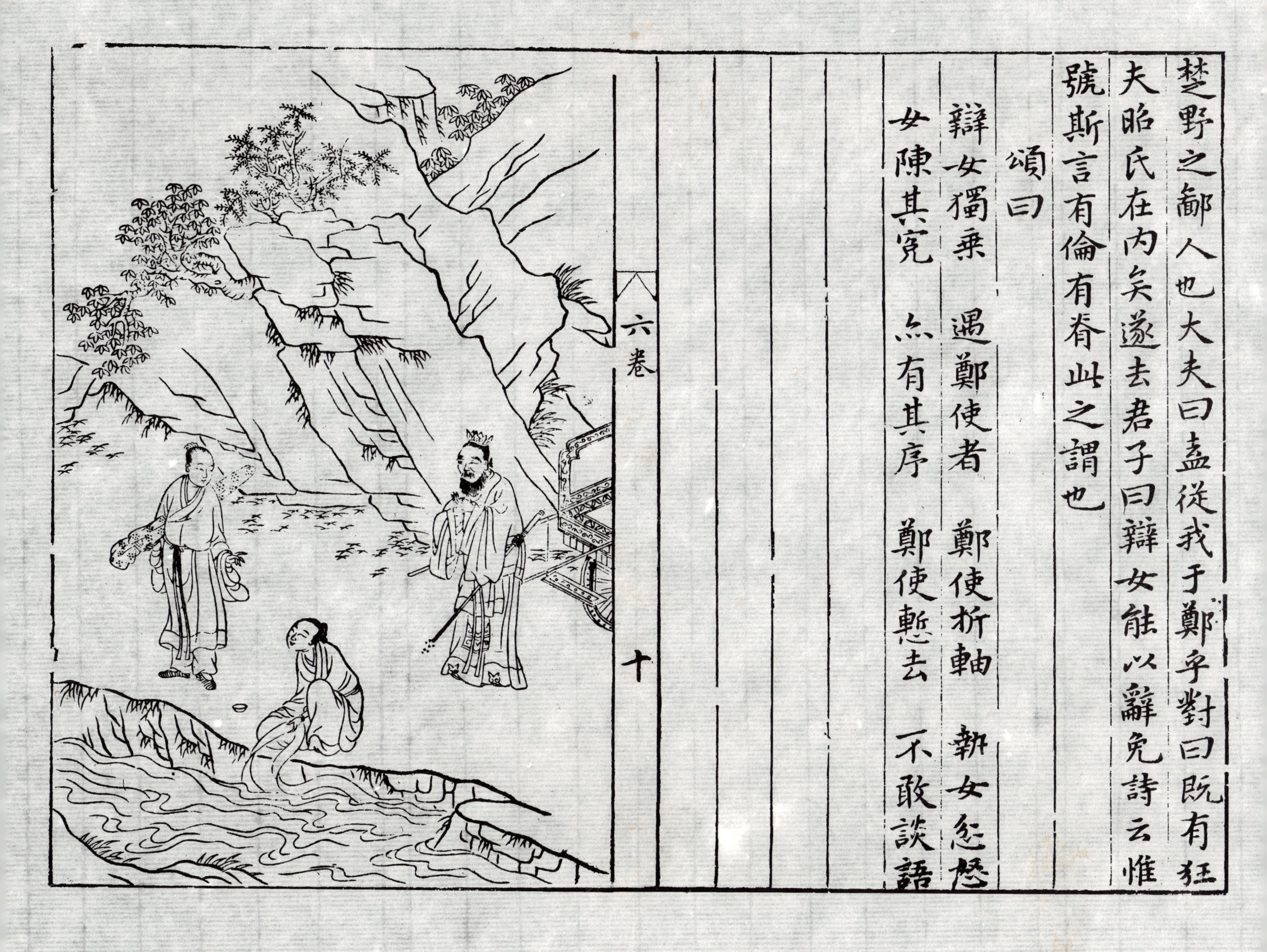

楚野之鄙人也大夫曰盍從我于鄭乎對曰既有狂
夫昭氏在內矣遂去君子曰辯女能以辭免詩云惟
號斯言有倫有脊此之謂也

頌曰

辯女獨乘　遇鄭使者　鄭使折軸　執女忿怒
女陳其冤　然有其序　鄭使慙去　不敢談語

阿谷處女

阿谷處女者阿谷之隧浣者也孔子南遊過阿谷之隧見處子珮瑱而浣孔子謂子貢曰彼浣者其可與言乎抽觴以授子貢曰為之辭以觀其志子貢曰我北鄙之人也自北徂南將欲之楚逢天之暑我思譚譚願乞一飲以伏我心處子曰阿谷之隧隱曲之地其水一清一濁流入于海欲飲則飲何問乎婢子授子貢觴迎流而挹之投而棄之從流而挹之滿而溢之跪置沙上曰禮不親授子貢還報其辭孔子曰丘已知之矣抽琴去其軫以授子貢曰為之辭子貢往

曰嚮者聞子之言穆如清風不拂不寤私復我心有琴無軫願借子調其音處子曰我鄙野之人也陋固無心五音不知安能調琴子貢以報孔子孔子曰丘已知之矣過賢則賓抽絺綌五兩以授子貢曰為之辭子貢往曰吾北鄙之人也自北徂南將欲之楚有絺綌五兩非敢以當子之身也願注之水旁處子曰行客之人嗟然永久分其資財棄于野鄙妾年甚少何敢受子子不早命切有狂夫名之者矣子貢以告孔子孔子曰丘已知之矣斯婦人達于人情而知禮詩云南有喬木不可休息漢有遊女不可求思此之

謂也

頌曰

孔子出遊　阿谷之南　異其處子　欹觀其風

子貢三反　女辭辯深　子曰達情　知禮不淫

顧刻無子字

叵作願

穀顧刻谷
下同

趙津女娟

趙津女娟者趙河津吏之女趙簡子之夫人也初簡子南擊楚與津吏期簡子至津吏醉卧不能渡簡子欲殺之娟懼持檝而走簡子曰女子走何為對曰津吏息女妾父聞主君來渡不測之水恐風波之起水神動駭故禱祠九江三淮之神供具備禮御釐受福不勝玉祝杯酌餘瀝醉至于此君欲殺之妾願以鄙軀易父之死簡子曰非女子之罪也娟曰主君欲因其醉而殺之妾恐其身之不知痛而心不知罪也若不知罪殺之是殺不辜也叵醒而殺之使知其罪簡子

曰善遂釋不誅簡子將渡用檝者少一人娟攘卷操檝而請曰妾願備父持檝簡子曰不穀將行選士大夫齋戒沐浴義不與婦人同舟而渡也娟對曰妾聞昔者湯伐夏左驂牝驪右驂牝靡而遂放桀武王伐殷左驂牝騏右驂牝驥而遂克紂至于華山之陽主君不欲渡則已與妾同舟又何傷乎簡子悅遂與渡中流為簡子發河激之歌其辭曰升彼阿兮面觀清水揚波兮杳冥冥禱求福兮醉不醒誅將加兮妾心驚罰既釋兮瀆乃清妾持檝兮操其維蛟龍助兮主將歸呼來櫂兮行勿疑簡子大悅曰昔者不穀夢娶

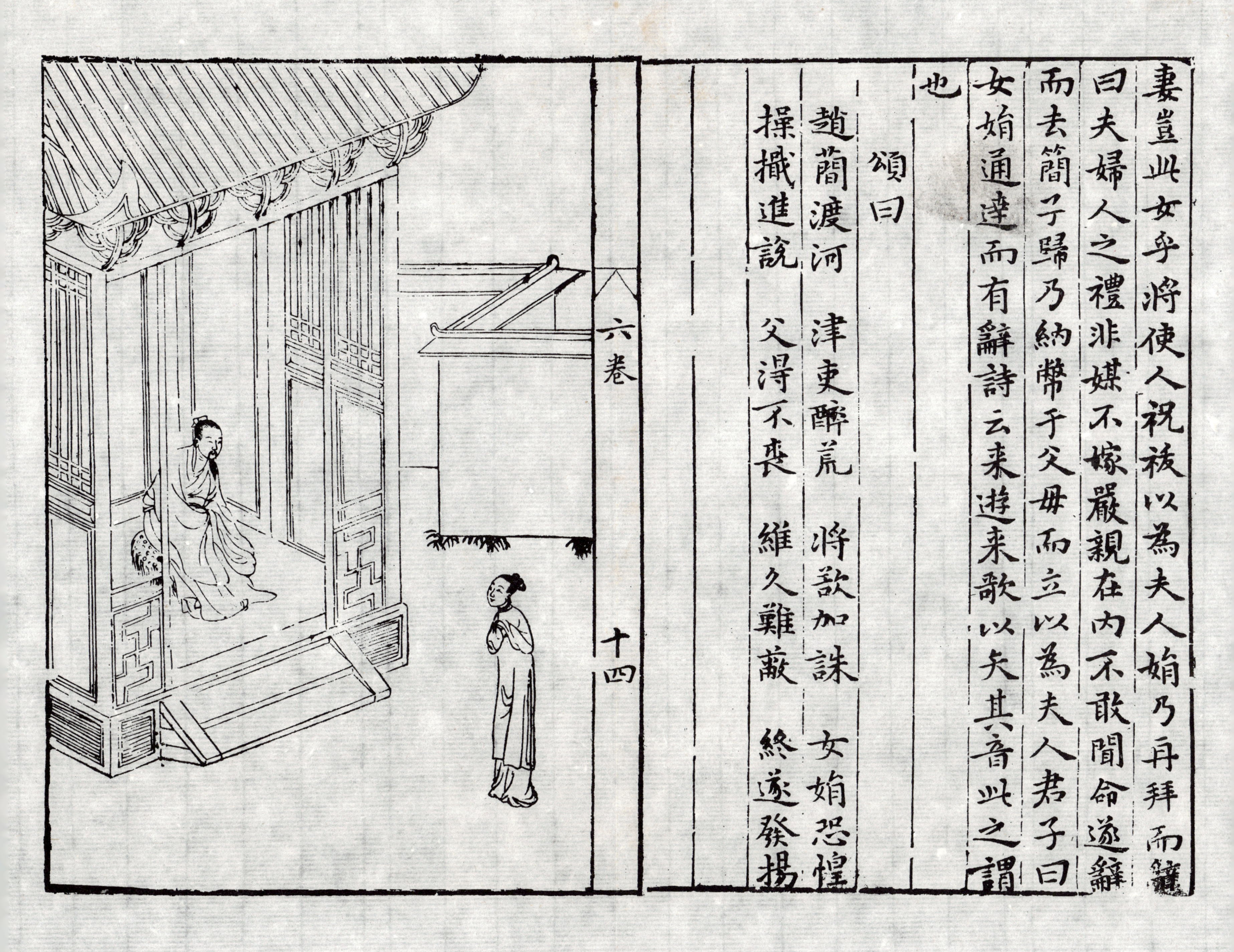

妻豈此女乎將使人祝祓以為夫人娟乃再拜而辭曰夫婦人之禮非媒不嫁嚴親在內不敢聞命遂辭而去簡子歸乃納幣于父母而立以為夫人君子曰女娟通達而有辭詩云來遊來歌以矢其音此之謂也

頌曰

趙簡渡河　津吏醉荒　將欲加誅　女娟恐惶
操檝進說　父得不喪　維久難蔽　終遂發揚

趙佛肸母

趙佛肸母者趙之中牟宰佛肸之母也佛肸以中牟畔趙之法以城畔者身死家収佛肸之母將論自言我死不當士長問其故母曰為我通于主君乃言不通則老婦死而已士長為之言于襄子襄子問其故母曰不得見主君則不言于是襄子見而問之曰不當死何也母曰妾之當死亦何也襄子曰而子反母曰子反母何為當死襄子曰母不能教子故使至于反母何為不當死也母曰吁以主君殺妾為有說也乃以母無教耶妾之職盡久矣此乃在于主君妾聞

子少而慢者母之罪也長而不能使者父之罪也今妾之子少而不慢長又能使妾何負哉妾聞之子少則為子長則為友夫死從子妾能為君長子君自擇以為臣妾之子與在論中此君之臣非妾之子君有暴臣妾無暴子是以言妾無罪也襄子曰善夫佛肸之反寡人之罪也遂釋之君子曰佛肸之母一言而發襄子之意使行不還怒之德以免其身詩云既見君子我心寫兮此之謂也

頌曰

佛肸既叛　其母任理　將就于論　自言襄子

陳列母職　子長在君　秉子說之　遂釋不論

齊威虞姬

虞姬者名娟之齊威王之姬也威王即位九年不治委政大臣佞臣周破胡專權擅勢嫉賢妬能即墨大夫賢而日毁之阿大夫不肖反日譽之虞姬謂王曰破胡讒諛之臣也不可不退齊有北郭先生者賢明有道可置左右破胡聞之乃惡虞姬曰其幼弱在于閭巷之時嘗與北郭先生通王疑之乃閉虞姬于九層之臺而使有司即窮驗問破胡賂執事者使竟其罪執事者誣其詞而上之王視其詞不合于意乃召虞姬而自問焉虞姬對曰妾娟之幸得蒙先人之遺

姬列其事　上指皇天　威王覺寤　卒距強秦

齊威虞姬

虞姬者名娟之齊威王之姬也威王即位九年不治政大臣佞臣周破胡專權擅勢嫉賢妒能即墨大夫賢而日毀之阿大夫不肖反日譽之虞姬謂王曰破胡讒諛之臣也不可不退齊有北郭先生者賢明有道可置左右破胡聞之乃惡虞姬曰其幼弱在於閭巷之時嘗與北郭先生通王疑之乃閉虞姬于九層之臺而使有司即窮驗問破胡賂執事者使竟其罪執事者誣其詞而上之王視其詞不合于意乃召虞姬而自問焉虞姬對曰妾幸得蒙先人之遺體生於天壤之間去蓬廬之下侍明王之讌昵附王著薦牀蒻席執掃除掌湯沐至今十餘年矣惓惓之心冀幸補一言而為邪臣所擠湮于百重之下不意大王乃復見與之語妾聞玉石墜泥不為汙柳下覆寒女不為亂積之於素雅故不見疑也經瓜田不納履過李園不整冠妾不避此罪一也既陷難中有司受賂聽用邪人卒見覆冒不能自明妾聞寡婦哭城城為之崩亡士歎市市為之罷誠信發內感動外也今妾之冤明于白日雖號呼于九層之內而眾人莫為壹言妾之罪二也既有汙名而加此二罪義固

齊鍾離春

鍾離春者齊無鹽邑之女宣王之正后也其爲人極醜無雙臼頭深目長指大節印鼻結喉肥項少髮折腰出胸皮膚若漆年四十無所容入衒嫁不售流棄莫執于是乃拂拭短褐自詣宣王謂謁者曰妾齊之不售女也聞君王之聖德願借後宫之埽除頓首司馬門外唯王幸許之謁者以聞宣王方置酒于漸臺左右聞之莫不掩口大笑曰此天下強顔女子也豈不異哉于是宣王乃召見之謂曰昔者先王爲寡人娶妃匹皆已備有列位矣今女子不容于鄉里布衣

卬列刻印

借列刻備

女子列刻作夫人

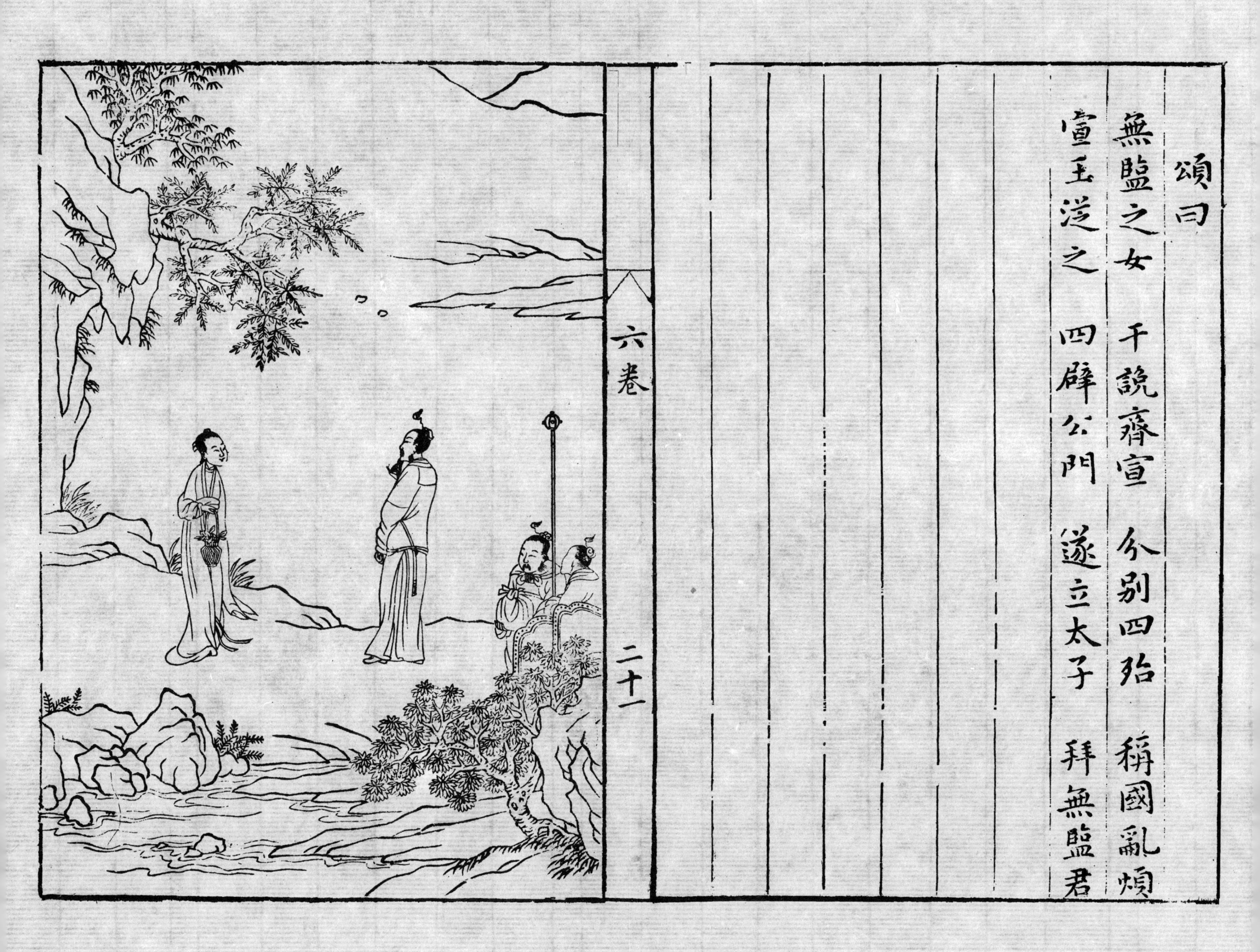

頌曰

無鹽之女　干說齊宣　分别四殆　稱國亂煩

宣王從之　四辟公門　遂立太子　拜無鹽君

齊宿瘤女

宿瘤女者齊東郭採桑之女閔王之后也項有大瘤故號曰宿瘤初閔王出遊至東郭百姓盡觀宿瘤採桑如故王怪之召問曰寡人出遊車騎甚衆百姓無少長皆棄事來觀汝採桑道旁曾不一視何也對曰妾受父母教採桑不受教觀大王王曰此奇女也惜哉宿瘤女曰婢妾之職屬之不二予之不忘中心謂何宿瘤何傷王大悅之曰此賢女也命後乘載之女曰賴大王之力父母在內使妾不受父母之教而隨大王是奔女也大王又安用之王大慙曰寡人失之又曰貞女一禮不備雖死不從于是王遣歸使使者以金百鎰往聘迎之父母驚惶欲洗沐加衣裳女曰如是見王則變容更服不見識也請死不往于是如故隨使者閔王歸見諸夫人告曰今日出遊得一聖女今至斥汝屬矣諸夫人皆二十二盛服而衛遲其至也宿瘤駭宮中諸夫人皆掩口而笑左右失貌不能自止王大慙曰且無笑不飾耳夫飾與不飾固相去十百也女曰夫飾相去千萬尚不足言何獨十百也王曰何以言之對曰性相近習相遠也昔者堯舜桀紂俱天子也堯舜自飾以仁義雖為天子安于節儉

茅茨不翦采椽不斲後宮衣不重采食不重味至今
數千歲天下歸善焉桀紂不自飾以仁義習爲苛文
造爲高臺深池後宮蹈綺縠弄珠玉意非有饜時也
身死國亡爲天下笑至今千餘歲天下歸惡焉由是
觀之飾與不飾相去千萬尚不足言何獨十百也于
是諸夫人皆大慙閔王大感瘤女以爲后出令卑宮
室填池澤損膳減樂後宮不得重采期月之間化行
鄰國諸侯朝之侵三晉懼秦楚一立帝號閔王至于
此也宿瘤女有力焉及女死之後燕遂屠齊閔王逃
亡而弒死于外君子謂宿瘤女通而有禮詩云菁菁

者莪在彼中阿既見君子樂且有儀此之謂也

頌曰

齊女宿瘤　東郭採桑　閔王出遊　不爲變常
王召與語　諫辭甚明　卒升后位　名聲光榮

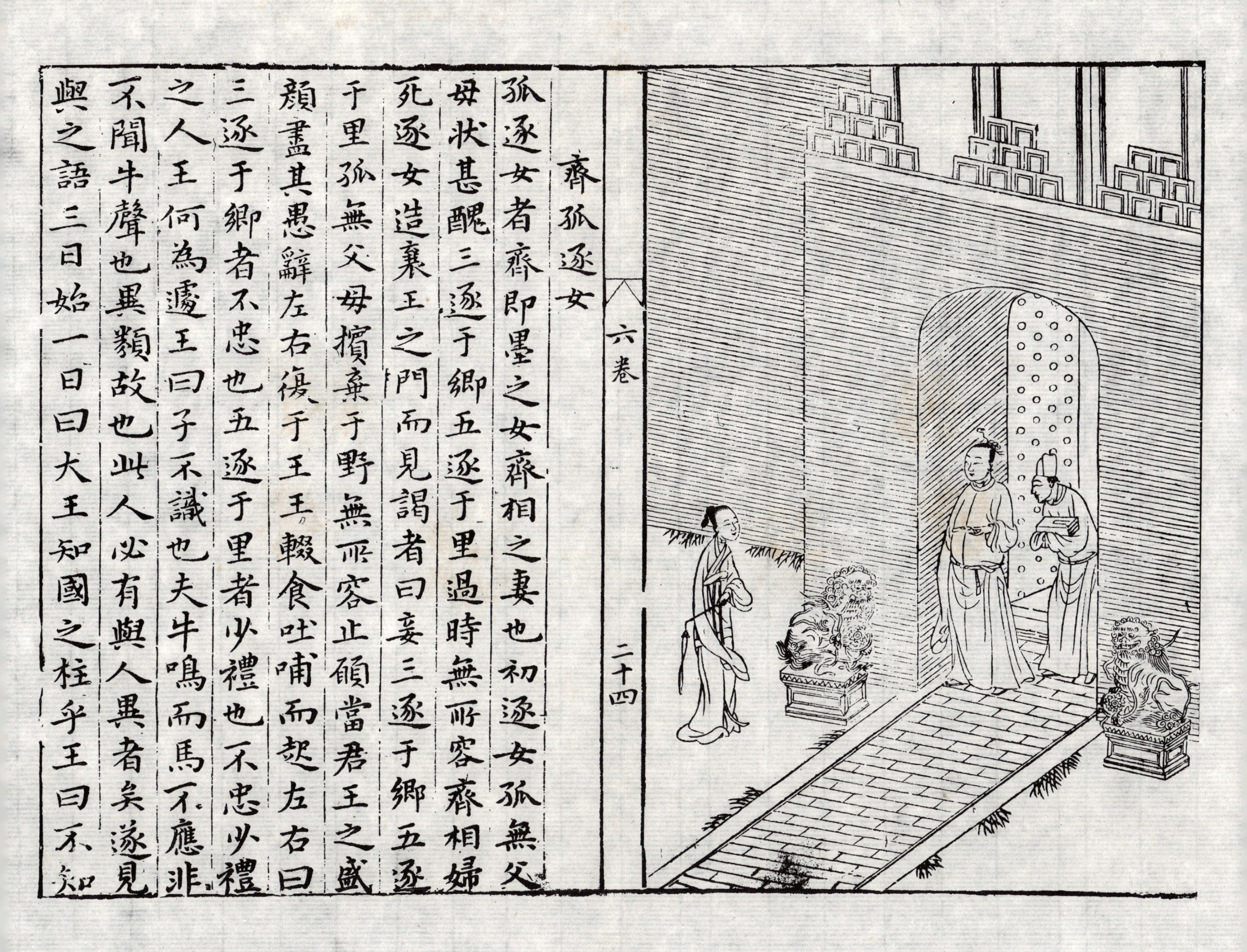

齊孤逐女

孤逐女者齊即墨之女齊相之妻也初逐女孤無父母狀甚醜三逐于鄉五逐于里過時無所容齊相婦死逐女造襄王之門而見謁者曰妾三逐于鄉五逐于里孤無父母擯棄于野無所容止願當君王之盛顏盡其愚辭左右復于王王輟食吐哺而起左右曰三逐于鄉者不忠也五逐于里者少禮也不忠少禮之人王何為遽王曰子不識也夫牛鳴而馬不應非不聞牛聲也異類故也此人必有與人異者矣遂見與之語三日始一日曰大王知國之柱乎王曰不知

逐女曰柱相國是也夫柱不正則棟不安棟不安則榱橑墮榱橑墮則屋幾覆矣王則棟矣庶民榱橑也國家屋也夫屋堅與不堅在乎柱國家安與不安在乎相今大王既有明哲而國相不可不審也王曰諾其一曰王曰吾國相奚若對曰王之國相比目之魚也外比内比然後能成其事就其功王曰何謂也逐女對曰明其左右賢其夫妻是外比内比也其三曰王曰吾相其可易乎逐女對曰中才也求之未可得也如有過之者何為不可也今則未有妾聞明王之用人也推一而用之故楚用虞丘子而得孫叔敖燕

用郭隗而得樂毅大王誠能厲之則此可用矣王曰吾用之柰何逐女對曰昔者齊桓公尊九九之人而有道之士歸之越王敬螳蜋之怒而勇士死之葉公好龍而龍為暴下物之所徵固不須頃王曰善遂尊相敬而事之以逐女妻之齊國以治詩云既見君子並坐鼓瑟此之謂也

頌曰

齊孤逐女　造襄王門　女雖五逐　王猶見焉

譚國之政　亦甚有文　與語三日　遂配相君

楚處莊姪

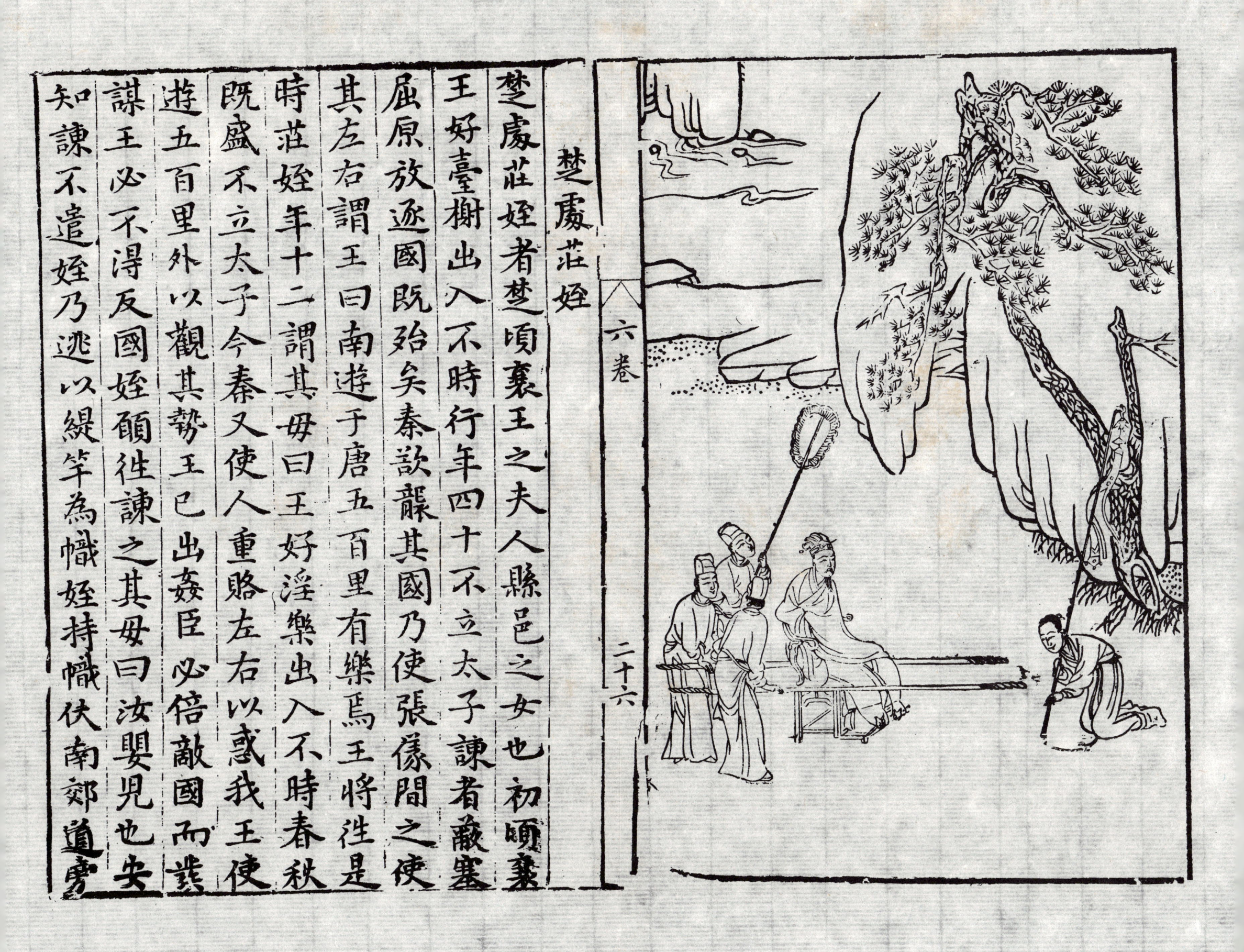

楚處莊姪者楚頃襄王之夫人縣邑之女也初頃襄王好臺榭出入不時行年四十不立太子諫者蔽塞屈原放逐國既殆矣秦欲襲其國乃使張儀間之使其左右謂王曰南遊于唐五百里有樂焉王将徃是時莊姪年十二謂其母曰王好淫樂出入不時春秋既盛不立太子今秦又使人重賂左右以惑我王使遊五百里外以觀其勢王已出姦臣必倍敵國而發謀王必不得反國姪願徃諫之其母曰汝嬰兒也安知諫不遣姪乃逃以緹竿為幟姪持幟伏南郊道旁

王車至姪舉其幟王見之而止使人往問之使者報
曰有一女童伏于幟下願有謁于王王曰召之姪至
王曰女何為者也姪對曰妾縣邑之女也欲言隱事
于王恐壅閼蔽塞而不得見聞大王出遊五百里因
以幟見王曰子何以戒寡人姪對曰大魚失水有龍
無尾墻欲内崩而王不視王曰不知也姪對曰大魚
失水者王離國五百里也樂之於前不思禍之起于
彊別刻強
後也有龍無尾者年既四十無太子也國無彊輔必
且殆也墻欲内崩而王不視者禍亂且成而王不改
也王曰何謂也姪曰王好臺榭不恤衆庶出入不時

耳目不聰明春秋四十不立太子國無強輔外内崩
壞別刻壞
壞強秦使人内間王左右使王不改滋日以甚今禍
且搆王遊于五百里之外王必遂往國非王之國也
王曰何也姪曰王之致此三難也以五患王曰何謂
五患姪曰宮室相望城郭闊達一患也宮垣衣繡民
人無褐二患也奢侈無度國且虚竭三患也百姓飢
餓馬有餘秣四患也邪臣在側賢者不達五患也王
有五患故及三難王曰善命後車載之立還反國門
已閉反者已定王乃發鄢郢之師以擊之僅能勝之
乃立姪為夫人立在鄭子袖之右為王陳節儉愛人

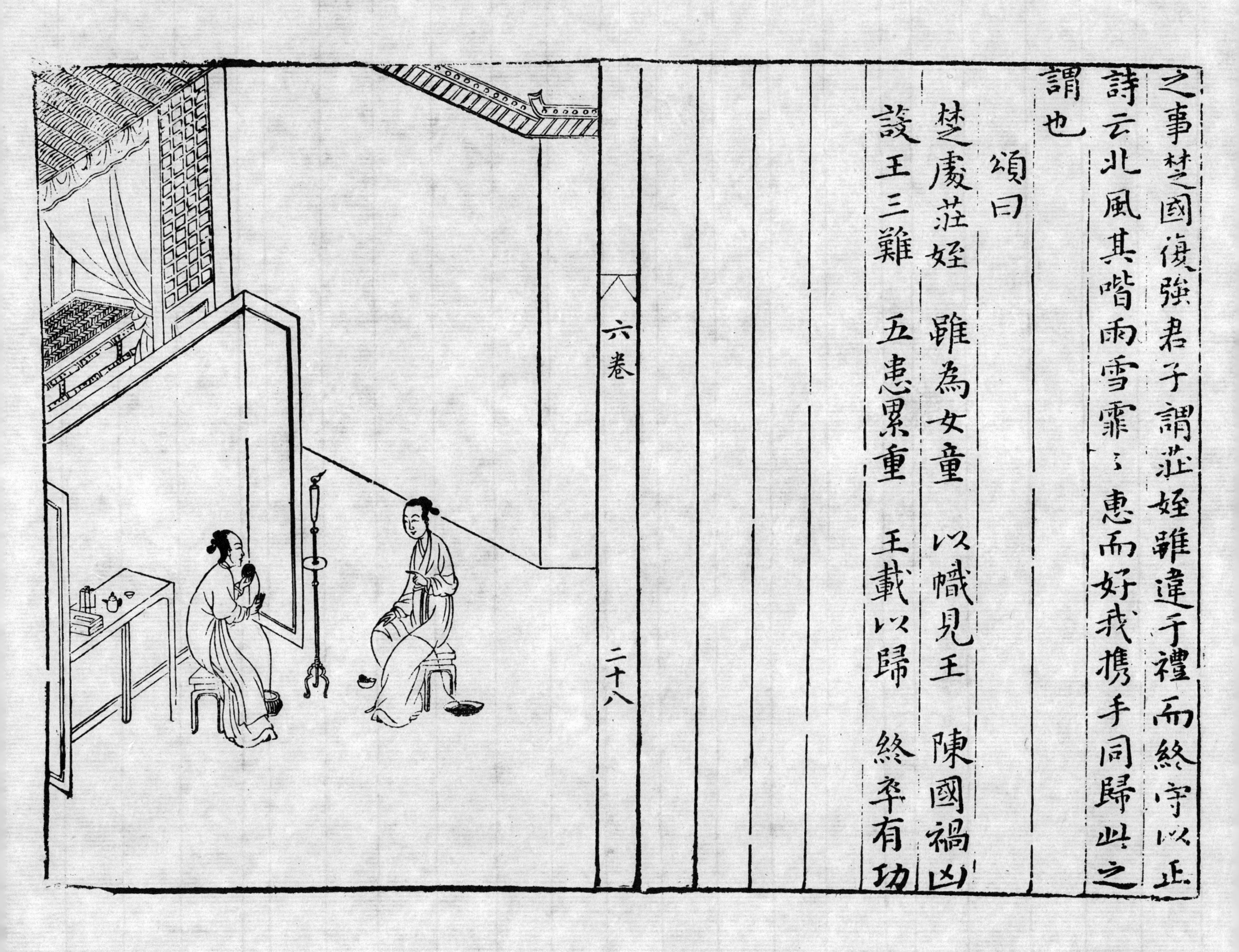

之事楚之國復強君子謂莊姪雖違于禮而終守以正

詩云北風其喈雨雪霏〻惠而好我攜手同歸此之

謂也

頌曰

楚處莊姪　雖為女童　以幟見王　陳國禍凶

設王三難　五患累重　王載以歸　終卒有功

齊女徐吾

齊女徐吾者齊東海上貧婦人也與鄰婦李吾之屬會燭相從夜績徐吾最貧而燭數不屬李吾與其屬曰徐吾燭數不屬請無與夜也徐吾曰是何言與妾以貧燭不屬之故起常先息常後灑掃陳席以待來者自與蔽薄坐常處下凡為貧燭不屬故也夫一室之中益一人燭不為暗損一人燭不為明何愛東壁之餘光不使貧妾得蒙見哀之恩長為妾役之事使諸君常有惠施于妾不亦可乎李吾莫能應遂復與夜終無後言君子曰婦人以辭不見棄于鄰則辭安

可以已乎哉詩云辭之輯矣民之協矣此之謂也

頌曰

齊女徐吾　會績獨貧　夜託燭明　李吾絕焉
徐吾自列　辭語甚分　卒得容人　終沒後言

齊太倉女

齊太倉女者漢太倉令淳于公之少女也名緹縈淳于公無男有女五人孝文皇帝時淳于公有罪當刑是時肉刑尚在詔獄繫長安當行會逮公罵其女曰生子不生男緩急非有益緹縈自悲泣而隨其父至長安上書曰妾父為吏齊中皆稱廉平今坐法當刑妾傷夫死者不可復生刑者不可復屬雖欲改過自新其道無由也妾願入身為官婢以贖父罪使得自新書奏天子憐悲其意乃下詔曰蓋聞有虞之時畫衣冠異章服以為示而民不犯何其至治也今法有

示劓刻戮

肉刑五而姦不止其咎安在非朕德薄而教之不明歟吾甚自媿夫訓道不純而愚民陷焉詩云愷悌君子民之父母今人有過教未施而刑已加焉或欲改行為善而其道無繇朕甚憐之夫刑者至斷支體刻肌膚終身不息何其痛而不德也豈稱為民父母之意哉其除肉刑自是之後鑿顛者髡抽脅者笞刖足者鉗淳于公遂得免焉君子謂緹縈一言發聖主之意可謂得事之宜矣詩云辭之懌矣民之莫矣此之謂也

頌曰

緹縈訟父　亦孔有識　推誠上書　文雅甚備
小女之言　乃感聖意　終除肉刑　以免父事

劉[illegible]終